今井幸彦詩集

みんな生きていたい

みんな生きていたい

沈黙の詩人の初詩集

鎌田　實

沈黙の詩人、今井幸彦君の詩集ができた。

彼はまったくしゃべれない。わずかに動く手の指を使って、トーキングエイドという会話補助装置のキーを押す。ロボットのような合成音が聞こえてくる。スターウォーズの世界だ。しかし、そこに流れる幸彦君の言葉はとてもみずみずしい。

幸彦君と今年の4月、台湾を旅行した。久しぶりに会った彼は、体力が落ちていた。トーキングエイドのキーさえ、押すことが難しくなっていた。具合が悪くなって入院していたという。死線をさまよった時期もあったようだ。

「鎌田先生と台湾へ行くか？」

お母さんが聞くと、彼特有のニヤッとした笑い方をして、「行く、行く」と言っているような目つきをしたという。

幸彦君は長男。弟は会社の社長をしていて、妹がその会社で働いている。台湾を旅行する前、弟が妹を呼んでこう言った。

「おれが付いて行ってあげたいけれど、忙しくて行けない。お前が母さんとあんちゃんを守れ」

妹に休みをくれたという。家族みんなが彼を支えている。いつもはお母さんと幸彦君との二人旅だが、今回は妹も一緒の旅になった。

以前、ぼくは『週刊ポスト』の連載（第34回）で、体が大きい幸彦君のことを、「マグロが寝そべっている感じ」と書いた。今は、さらに巨体にみがきがかかり、トドのような迫力がある。

「バカヤロウ。おれがトドなわけがないじゃないか。鎌田先生の目は節穴か」

幸彦君が聞いたら、トーキングエイドでぼくに文句を言っただろう。

いつか再び元気になり、幸彦君の逆襲を見たいと思っている。

ぼくは幸彦君が大好き。トドなんて言ったけれど、ぼくにはわかっているんだ。彼は、頭のなかで、たくさんの美しい言葉を次々に走らせている。

幸彦君の初の詩集ができた。家族みんなの思いがこもった詩集である。

東日本大震災に遭い、苦しみのなかにいる人の心を、あたたかな日差しで包んでくれるような魔法の言葉がある。ぜひ、たくさんの人に読んでもらいたい。

かまた・みのる
１９４８年生まれ。東京医科歯科大学医学部卒業後、長野県の諏訪中央病院に赴任。現在、同名誉院長。

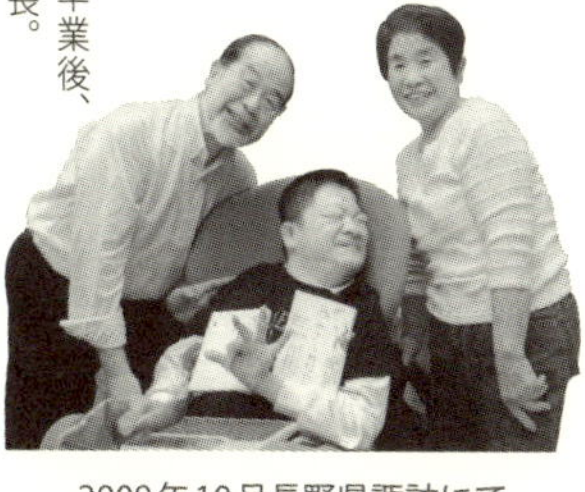
2009年10月長野県諏訪にて

もくじ

V　花になったら

COVER DESIGN　小泉朋久
表紙・各章トビラ絵　佐々木省伍（太陽の里）
本文イラスト　川口太陽の家「じゅうに班」の仲間たち

本書に収録した詩は、２００９年4月から、今井幸彦さんが入院する直前の２０１０年10月までのものです。

南　風

I.

南風

南風に　のってさ
今日　何となく
いい薫りがしてきたな
むかし　おふくろの背中に
おぶさっていたときと
おなじ匂いがしてきたよ

こんなの　ふつう
6、7歳でおしまいだけど
オレは18歳まで　つづいたよ

若葉

若葉が　出はじめたな
いろんな木から
自分は　やる気をもらってる

オレのうち　建て直しする前になるけど
柿の木が　１本あった
母ちゃんが　庭の手入れをしててさ

母ちゃんの　背中をよくみてた
そんなことも　思い出す
若葉のころだよ

花のスクラム

菜の花　桜は　春の花で
空にむかって　たくさん咲くよ
花のスクラムは　かたいよ

みんなのちからで　咲いて
春の真っ先に立つよ

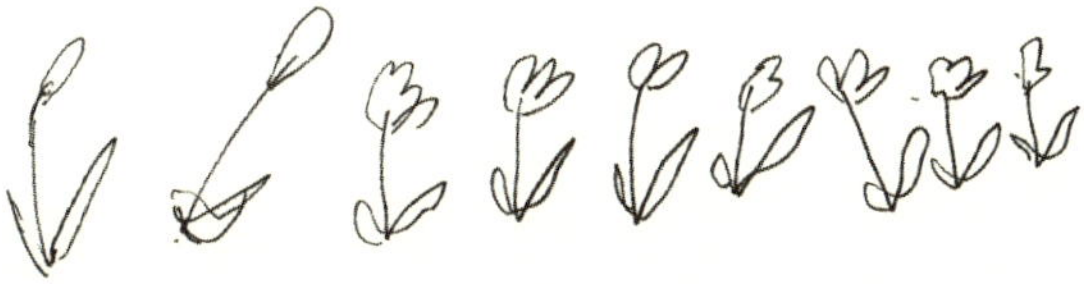

花に寄ってくるチョウ

花には　いろいろな色や　かたちがあるが
チョウは　匂いで　寄ってくるのかな

花の匂いも　いろいろで
バラみたいに
さあ来て　ここよと
遠くからでも匂う花と

菜の花みたいな花は
ずうっと　入りこんでから
たくさんの花で　匂いを教えてくれる

チョウチョさん
人にまじって　人をえらんでみな
あなたたちは
どんな人をえらぶのかな

春風

春風にのってさ
いろんなものが　来ているよ
梅とか桜とかの　花
葉っぱの新芽だけじゃないよ
おやじは　花粉症でこまっているし
ロケット*もとんできたよ

これからの春は
何が飛んできても　おかしくないよ

＊2006年3月27日、日本海へ飛来した北朝鮮のロケットをめぐって「ミサイル騒ぎ」がマスコミを賑わせた。

あさがお

あさがお
おまえから　人間たちはどう見える？
話したり　動きまわったり
それに　長生きだよね

2、3時間でしぼんでしまう
あさがお

おまえの気持ちを
聞きたいものだ

9月の風

9月の風は　いろいろある

向きも　強さもいろいろで
そよ風や　あらしもある

これからの人生
そよ風とあらしの　どっちが多くなるのかな
９月の雨予報で　見てみたいな

秋色

秋色って　どんな色？
いちばんの秋色は？　とみんなに聞いてみた
もみじ　いちょう　と答えるのが多いでしょう

オレは少しちがう
菊　と答える
花は　春に咲くのが　多いでしょう

秋に咲くのは　少しでしょう
花の神様は
秋の花が　少しだな　少しだなと思って
菊を　秋に入れたと思う

何を思って　菊にしたかなんて　わからないけれど
菊とコスモスのふたつで
秋と冬　気持ちがやさしくなるまで
咲きつづけて
ほかの仲間が　咲くまでね

秋になる今

秋になる今のときは
元気になる
夏の　ばてたからだを
元気にしてくれて
腹もすくし　仕事もまえむきになる

おいしい食べ物も

芸術の神様も
北風が　もってくる

いろんなことできるから
オレは　秋が好きだよ

もみじの葉っぱ

もみじの葉っぱ　手みたい
緑のときは　あまり思わないけど

秋になって　赤くなりはじめると
とても　似てると思う

手相も　葉っぱの模様に似ていない？
もみじの葉っぱから
人間の手相を見たら
どう見るんだろうな

冬がきた

オレのまちにも　冬がきた
冬　おまえは　かわいそうな季節だ
花が咲くのも　少ないし
木の　葉っぱも
枯れるのが多いしな
さびしくないのか

だけど　冬は
雪と氷のこわさ　みせつけて
「がまん」の　はなしを
人間に　わからせようと　するのだろうな

仕事の仲間

Ⅱ.

仕事の仲間

まじめに　こつこつと
ひとつ　ひとつ
ちいさなステンドグラス*を　こすっている

話しかけるのを　こっちがためらう
はたらく姿勢って　こんなのかなと
教えてもらっている

＊ちいさなステンドグラス——川口太陽の家では、ステンドグラスでさまざまな造形品をつくっている。

はたらく仲間

仲間が　はたらいているね
オレ　自分でできるのは少しだけれど
仲間がはたらいているの
見てるのが好きだ
話し声を　聞くのも好きだよ

いろんな　音がして

話して　笑って
毎日が　すぎていたいな
いつまで　こんな日つづけられるかな
できるだけ　つづけたいな

ひまわり

ひまわり――
おまえを見ていると　元気になれる
まっすぐ伸びて
太陽みたいな花を　咲かせている
ちいさな芽が
あんなに大きくなって
まるで　あかちゃんがおとなになるまでのようだ

オレもそんなときがあったな
今の仕事を始めるとき　何もわからなくて
一からはじめた

今思うと　あのときがあってよかった
なかったら　どんな人生になっていたかな
これからも　あのときのことを忘れないでいたいな

何となく

いままでオレ　何となく生きて
何となく　人に言われたことをやって
いい気持ちになっていたけれど
何にもできていなかった

ハサミの仕事*も　今している仕事も
ちゃんと　できていなかった

今まで　天狗になっていたのかな

言われて気づくなんて
まだ　おとなになりきっていないのかな
いつ　おとなの仲間になったと
自分でおもえるのかな

＊ハサミの仕事――川口太陽の家では、ハサミで布を切り裂いてウエスを作り売る仕事もある。

店番

オレの仕事*は　店番
いろんな　お客さんがくる

話しこんで　買わなかったり
ゆっくり
すきな本を　えらんで見ているお客さんもいる
話しかけてもらったり

おばさん同士のはなしも　おもしろい
そんな店番ができたのは　いろんな人のおかげ
ずうっと　続けたいな
どのくらい　やれるかな？

＊オレの仕事――今井さんは古本売りの仕事が大好き。

バザーのときに

バザーのときは
オレは　店番が大好きだ
友だちや知らない人にも　会うことができて
あっちこっち　行かれるから

いっしょに手伝ってくれる人は
荷物運びもたいへんだけれど

オレらは　みんなに自分をみせられる
どんな障がい者でも
外に出たいと思ったら
何とか方法＊があって　出られるよと

人垣ができない　店番だけど
そんなのオレはずっと　やってきた

＊障がい者が積極的に外に出ることをすすめている川口太陽の家では、仲間たちと話し合い、買い物、食事、旅行やバザーなど日常的に外へ出ることが多い。

貝殻を耳にあてて

貝殻で　今日はここの部屋で
なにかを　つくったりしている

つくるまえに
仲間から　貝殻を耳にあてられて
波の音が　聞こえるかと聞かれた

でも　オレは　少しちがう音を聞いた
言葉が出ない　友人の声
「あうあう」だけ
あかちゃんではない
オレとは「あうあう」で通じていた
いまは　あの世に逝っているけど
空から
たまにオレに　夢で会いにきてくれる

友人の声が
貝殻からも　聞こえた

死んだ友だちのはなし

あいつと　また　夢で話した
あいつが
オレの最初の友だちで　ライバルさ
好きな人も　似ていたな
髪の毛の長い人が　好きで　おなじだった

その友だちが

あの世に逝って　知ったけど
オレがピンチになると
夢でたすけてくれる
そのおかげで
ことしの夏も　何とか乗り越えられそうだ

いつまでも　出てきてくれて
オレのことも
まわりの人も　たすけてくれ

オレの夏

オレの夏は　いろんなことがあった
初恋も
仕事の店をはじめたのも　夏だった
別れも　何かがおわるのも
夏が多かったな

いちばん仲が良かった　友だちが
天国に逝ったのも
店があぶなくなったのも
みんな　夏だった

夏は　オレの神様が
何かをきめているらしい

神様が　天国に逝った友だちに
善いことも　悪いことも教えてくれて

夢に　友だちを出して
どうなるかを　教えてくれる
だから　秋までには　いろいろきまる

オレの夏
おもしろい神様が　ついてるな

赤とんぼのうた

Ⅲ.

赤とんぼのうた

ゆうがた
赤とんぼのうた　だれかがうたってた
建て直す前のうちを　想い出した
ゆうがたになると
太陽がガラスに　顔を出してたな

ちょうど　きょうだいたちが
学校から帰ってきて　にぎやかになって
その時間が　いちばん楽しくって
あしたはどうなるのかなと　思ってたな

いまは　だれもいない部屋で
赤とんぼのうたを　思い浮かべながら
ぼんやり　考えていた

弟妹

オレは　４人弟妹
子ども時代は　うるさかったな
妹は弟と　けんかをすると
オレに　けんかの報告をしてくれた

中学校のころは
反発しあっていたよね

そうなっても
まずオレに　はなしをしてから
終わりになっていたのを思い出す

妹

あいつは　オレの妹だけど
それ以上の気持ちがある
子ども時代から
ずーっと　話し合ってきた
あいつは　こまっていることを
相談してきた

母ちゃんに　話すまえに
オレに　言ってきた
母ちゃんへの　反発のときもあったしね

父ちゃんとけんかしたときも　オレに言ってきた
仲良くならない　ふたりに
父ちゃんの　言いたいことを
妹に伝えたり
妹が話すことを
父ちゃんに　伝えたりする

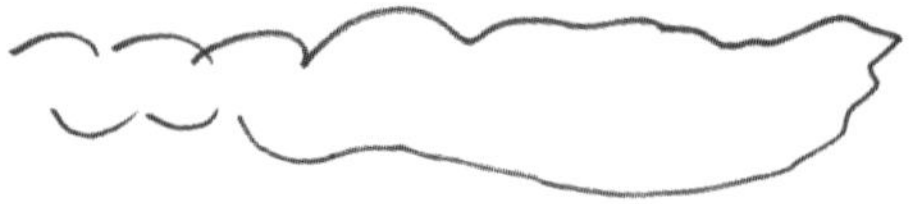

「早く結婚してよ」と
母ちゃんは　言ってるし
オレも　半分は　そう思うけど
いなくなったら
オレの愚痴を　聞く人がいなくなる
結婚してもいいけど
遠くへ行くのはさびしいから
近くにずっといてもらいたいな

おやじのこと

ぼーっと　外を見ていたら
自転車に乗ってるおじさんが通ったよ
ふと　おやじのこと　思い出した

オレのおやじは　まじめ人間
はたらくのが　みんなのためになると
それだけを　思ってきた

今　定年になって
はなしをするの　オレとテレビになっている
さびしくないのかなと　たまに思う
これからどうなるのかな?

自転車に　乗ってるおじさんが通って
ふと　思ったよ

母ちゃん

オレの母ちゃんは　元気もの
母ちゃんが　元気だから

オレもいろんなことを
挑戦をしてきた
元気　元気を　とってしまったら
母ちゃんで　ないさ
これからも
オレに　元気をくれる　母ちゃんでいてね

川あそび

夏の終わりに　甥（おい）っ子と姪（めい）っ子と
子ども時代に行っていた　山にかこまれた川に
30年ぶりに行った

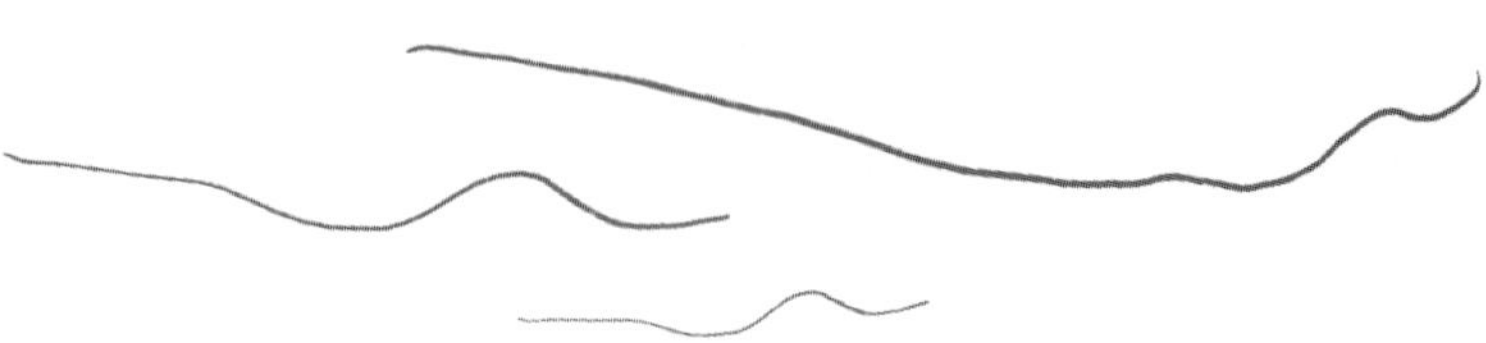

母と妹が　交代で運転している後ろで
ここが通った道かな　通らなかった道かなと
山が見えてきて　思いかえしていた

甥っ子と姪っ子たちが　川にはいるのを
木のかげで　見ていた

子ども時代に　自分も
父の脇の下に　サンドイッチにされて
川の中に入っていた
オレが大きな笑い声を出していると　見る人がいたな

見る人にむかって
障がいがあったって　ほら　オレもみんなと同じだよと
足をばたつかせたかったな

いま　車椅子で　川を見ても
むかしの　あの気持ちを思い出す

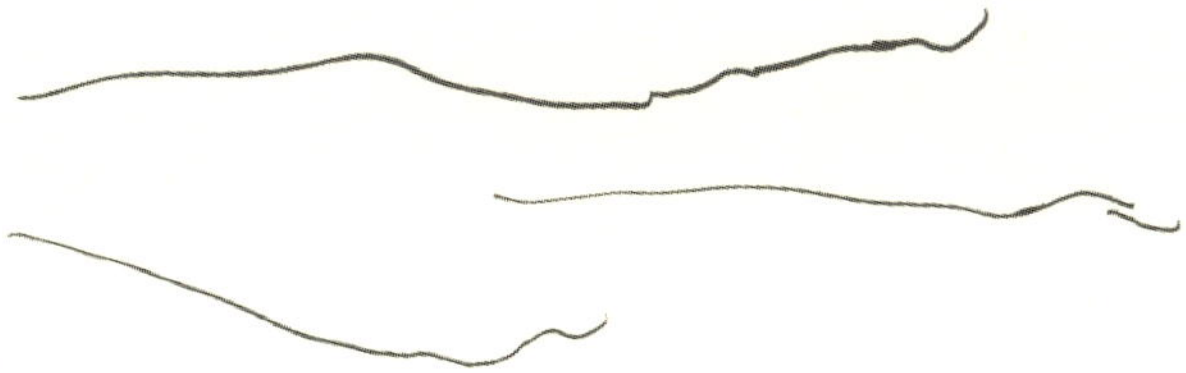

雨のとき

みんなは　うちにいて
外に出かけられなくて　つまらなかった
そんな子ども時代の思い出　ある？

自分は　小学校に行けずにすごした
みんなは学校に行くことで　友だちがたくさんできたでしょう
自分は　学校に入れなかった*
弟妹は　学校へ行ってたよ

そんなときの　オレのたのしみは
かみなりさまが　急になることだった

外へあそびに行っていた弟妹が
急に帰ってきて　オレにくっつくの
弟妹は　かみなりがきらいだったから

オレの手などに　もたれて　くっつくの
とくに妹はこわがって
オレのところに　くっついて
はなしをいつまでもしていた

それが
小学校に　行けなかった
オレのいちばんの　たのしみだったな

＊今井さんは、当時の「就学猶予」の制度（障がい児〈盲、聾を除く〉は学校へ行かなくてもよいという制度）のために、就学が認められなかった。「就学猶予」が撤廃され、障がい児（者）の「全員就学制度」が制定されたのが1979年。今井さんはこの年に、ようやく埼玉県立越谷養護学校（当時）の中学部に入学できた。

オバタリアンとひるまのオジン

オレのまわりの　年上の人は
みんな元気!!

オレの　親も元気で
友だちを引き寄せて　オレに会わせてくれる
とくに　母は元気印のオバタリアン
子どものオレも　感心することばかりで

まいにち　すごし
そうして　オレは　今も生きている
45歳　おれもオジンだ!!

旅行が大好き

オレと母ちゃんは　旅行が大好き
いろんな人と　会えるし
旅先の名産が　食べられるから
だけど　しっぱいもあった
海のカキを食べすぎて　腹をこわしたり
ガマンできないで　しょうべんもらしたり

もっともっと旅に出たいし
いろいろな名産を　食べつづけたいから
いいところがあったら　携帯の　○○○×××
ここに　連絡してくださいね

この暑さ

この暑さ　たまらない！
オレ　45歳
生きてきたなかで　はじめての暑さ

熱中症になりかけて　おおさわぎ
きゅうに気持ちがわるくなって
吐いたり　下痢をしたり

面倒かけた　母ちゃんに
また頭があがらない
今年の暑さにやられた　オレ！

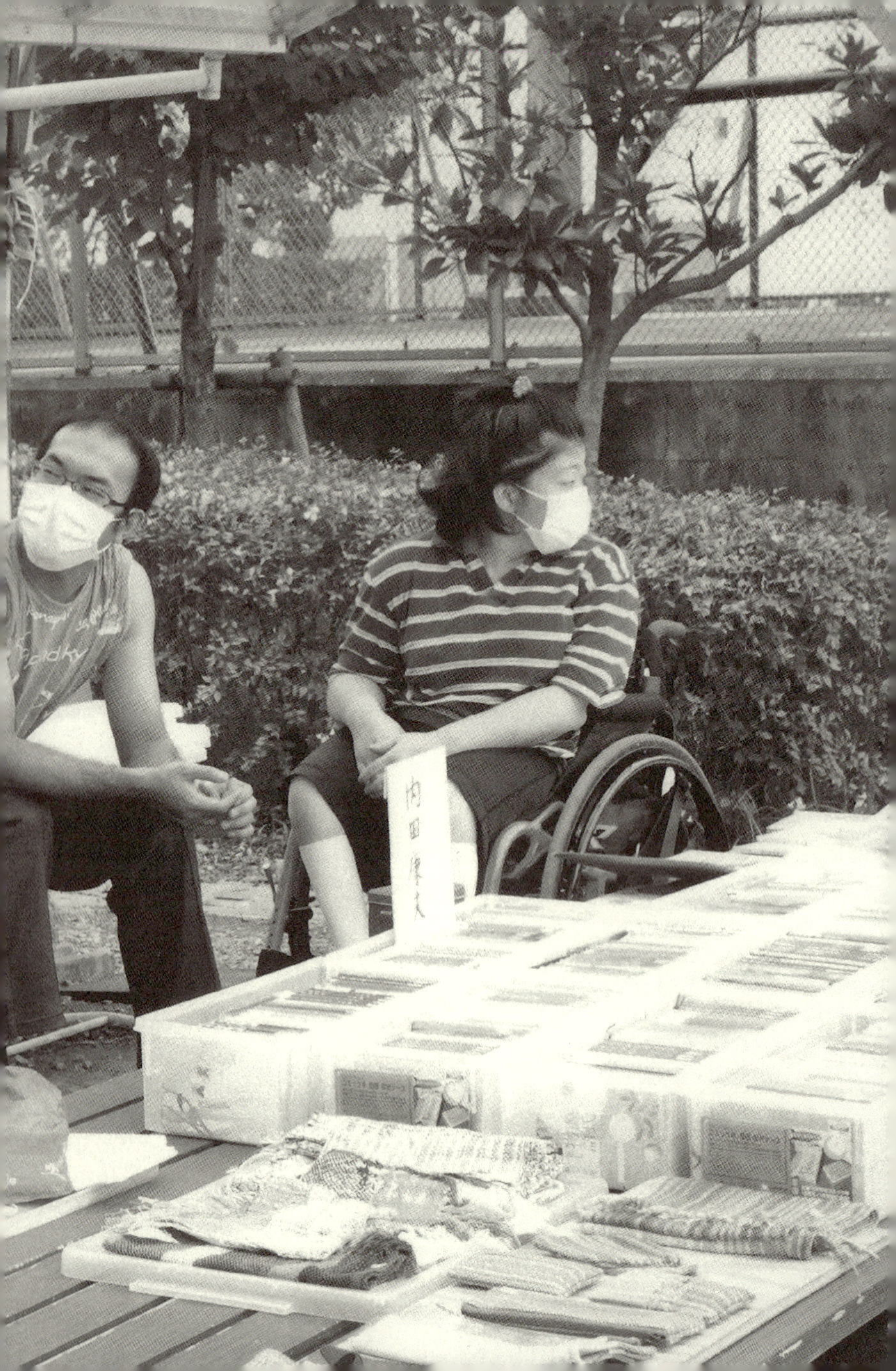

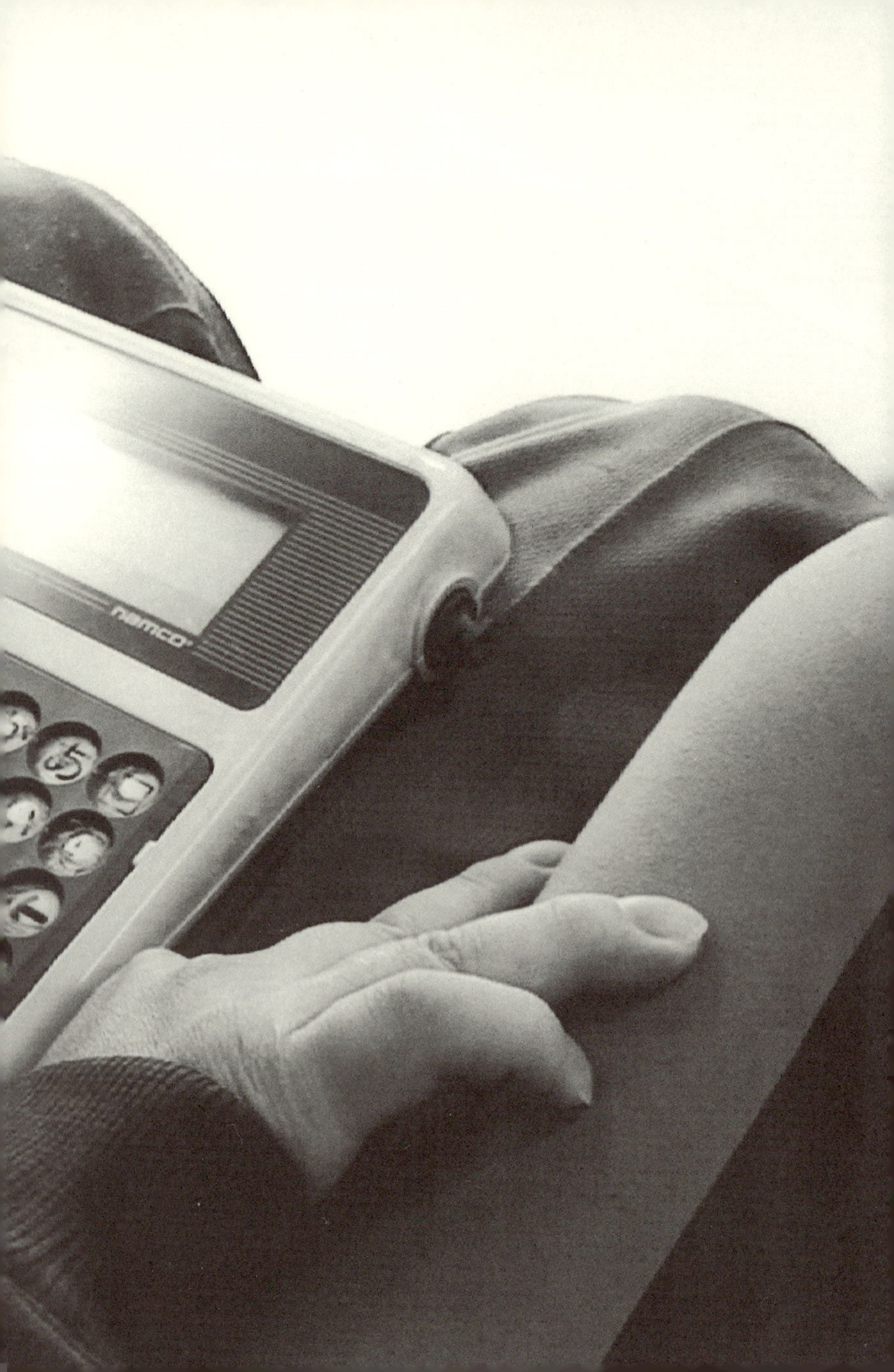
namco

みんな生きていたい

Ⅳ.

みんな生きていたい

人はどうして
やさしさと　反対の気持ちに　なりきれるのだろう
親子で　殺し合いまでしてしまう
映画でなら　見たり聞いたりして　知っているけど
現実の人間なのだ

天のかみさまが見て
人間ではないと　思っているよ

いつになったら
人間どうしで
殺し合いをしなくなるのだろうか
だれでもみんな　生きていたいと思うのに

雑草

雑草は
みんなから　放っておかれる草だけど
しっかりと強いよ

広島に落とされた　核のなかでも
生きたくて　生きられた草
きっと今の核だって　また生えてくるよ

オレらも　強く生きていきたい
ひとりの人間だもの

日食

日食は
太陽が月にかくれること
人々のなかにあって
オレら障がい者は
かくれた太陽みたいな存在
善いことも　悪いことも
かくれて見えなくなっている

いつだろう　光がさすのは
それまで　生きていられるかな

オレの腹

オレの腹は　少しヘン！
ウンチが　出るときは
1日に
2回も　3回も出るけど
出ないときになると
3日も　出なくなる

食べているのは　みんなと同じなのに
腹の神様　毎日出だしてよ
おっと　出た！

イヌの気持ち

イヌの気持ちって　あるのかな?
きっとあるよね
本能だけなら　人間のそばにいないし
盲導犬だっていないよね

最近のニュースを　いろいろ聞いていると
人間のほうが殺し合いして

しょうがないよ
イヌから怒られないとね

初めての運動会

自分にとって　初めての運動会*は
腹這いから　はじまった
中学1年生の　まだ半年たたない頃だった
はじめの先生は　体育の先生で
教えるのがうまかったな

うちでも　腹這いの練習していたな
初めての運動会だもの

1ばんになった
それが
学校に通えるようになっての
最初の　自慢したい思い出さ

＊6年間待ち続けて就学をやっと認められ、
初めて経験できた運動会だった。

花を咲かせたい

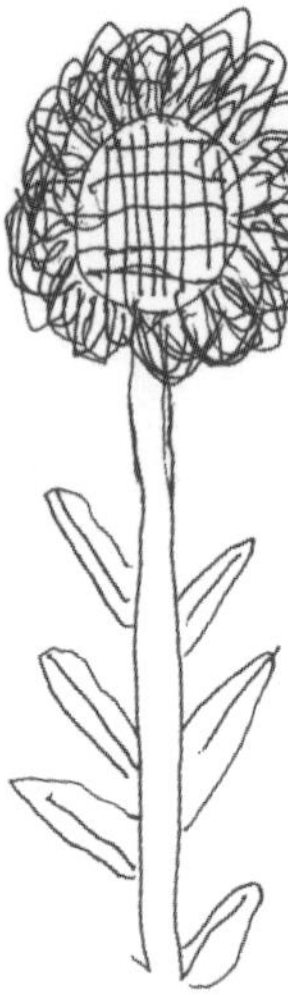

旅行に行ったときに
花火大会があった

ドカーンドカーンと　音がなって
腹に響いた

まるで
夜空に　みんなの花を
大きく　咲かせたようだった

オレも何かで
咲かすもの　持ちたいな

梅と桜とオレの夢

梅が咲いた
桜も　もうすぐかな
そろそろオレも　花芽をひらきたい

ライバルどうしのアイツと
春のバンドを　つくりたい

だから
菜の花さん　うたを教えてね

全国をまわって
花の気持ちを
もう少し
人に教えたいから

人間とチョウ

人間と　ムシの仲間との関係は
いろいろとある

ハエみたいに
みかけただけでもつかまって　殺されてしまったり
ミツバチみたいに
一生　人間のためにミツを集めてはたらくムシもいる

チョウは幼虫のときは　ケムシできらわれるけれど
大人になると　きれいに空を飛ぶ
そして　つかまって　はりつけになるチョウもいる

人間は
子どもから大人になるのが　20年かかるけど
どっちがすばらしいかは
自分が死んで　天国に逝ったら
分かるんだろうな

あじさいと江戸のまち

あじさいが　たくさん咲いている
現在からタイムスリップして
いまオレは　あじさいと車椅子で
江戸のまちに　たどり着く

思ったよりも　チャンバラが少ないし
まちの様子もちがう
だけど　人情がありそうな人ばかり

将棋や碁などをしているおじさんたちが
外にとびだしても
お金はとられないみたい
だって　さいふがからだから
とられるしんぱいしないで　はなしに夢中になっているよ
みんなたのしそうだ

現在なら
こんなふうに過ごせるのかな?
あじさいは　笑ってみているよ

きれいな海がなくなるときは

夏になると
きれいな川に入って　あそんでいた
子どものときは
テレビだけで　海を見ていた
その海は　川にまけずに　きれいだった
だけど　オレが10歳に　入った海は

ベタベタして
これが　海なのかと思った

地球のなかでも
きれいなところと　きたないところがあるの
今は　知っている

きれいな海がなくなるときは
それは　人間もおしまいなときなのかな

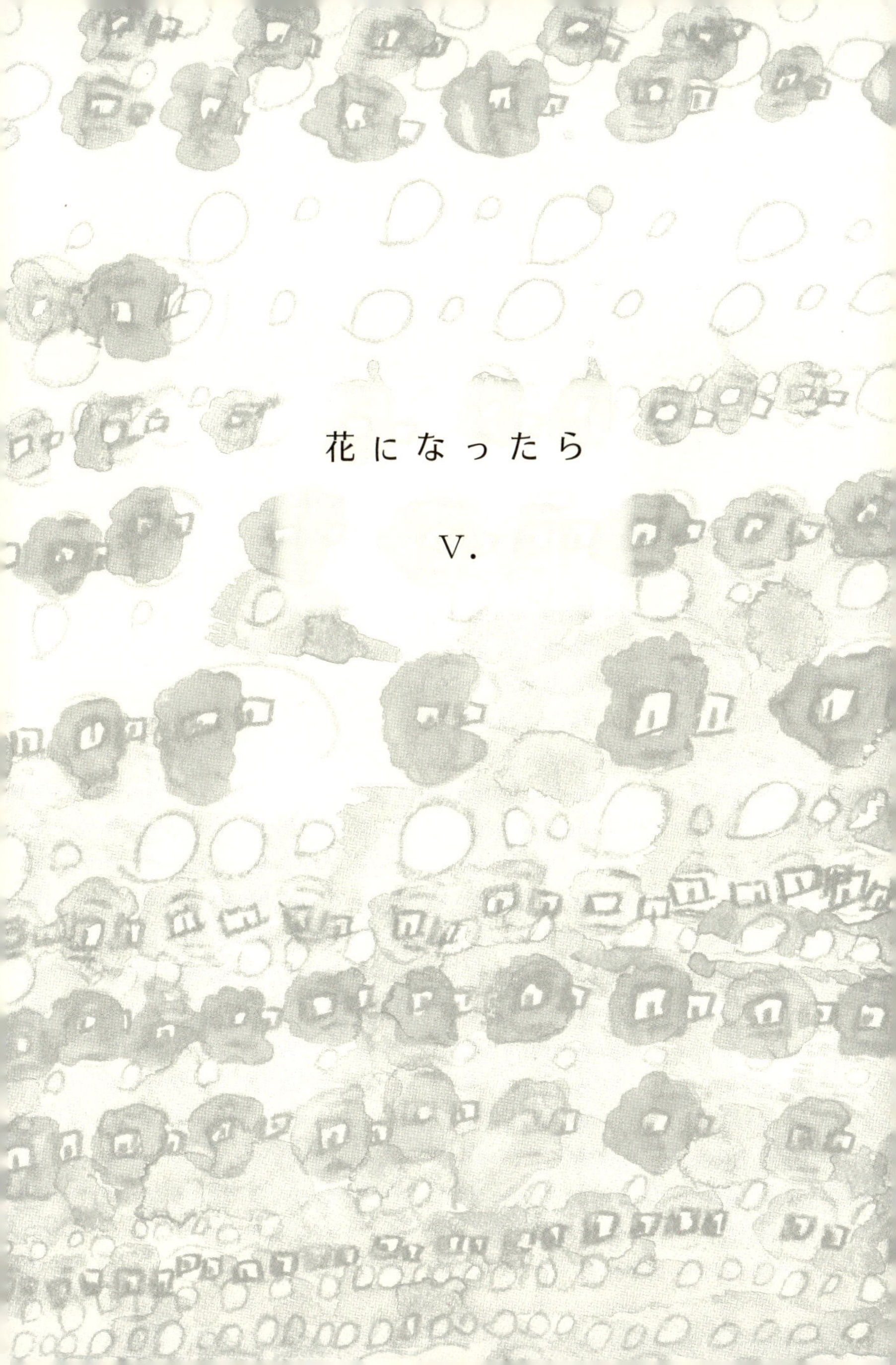

花になったら

V.

花になったら

花になったら
オレは　好きなあなたに
見てもらいたいし　さわってもらって
感想をききたいな

人のオレは　花になったら
ウソや　悩みや　もどかしさもなくなって
明るくなるのではないかな
そうしてから　あなたに見てもらいたいな

そうできるのは　夢のなかだけだけど
あなたが　大好きだから
夢のなかだけで　いいさ

鳥になりたいな

ツバメが　仲間たちと
えさ探しにきたな
羽があるから　鳥は飛べる

鳥は　羽が折れたら
死ぬのがわかっているから
いつもくちばしで　羽をそうじする
羽を　そうじして飛べるなら
オレも　鳥になりたいな

春

春になると　みんなうごきだす
植物は
新芽をだして　花を咲かす
動物は
仲間どうしで　好きになって　あかちゃんをつくろうと
好きになった相手に　求愛するでしょう
人も　大昔からずうっと変わらない

今だって　春になると　うきうきするよね

オレも　春になると
うきうきとなるしさ
恋したくもなる
オジンだけどね
相手がいたら
みんな　教えてね

めぐと恋のはなし

ふたりのないしょの　はなし
めぐさぁ　おまえが学校に行きはじめて
20歳（はたち）になるころまで

オレに　いつもはなしをしてくれて
オレも　悩みを　言ってきたよね
おかあさんにも　ないしょ
ふたりだけの　ひみつ
恋のはなしも　あったりしていた

まあ　オレのは　あっても片思いだけど
めぐは　相手が2人いた悩みを　言ってたよね
そんなの言われても
テレビのドラマしか　見ていないオレとしては
どうこたえたらいいのか　わからなかったよ

まあ　恋のはなしは
めぐが　先生だ!!

そんなオレとめぐ
最近では話すことが　ぜんぜんないんだよね
どうしたの?

花畑

ことしも
あなたのところにも　自分のところにも
春がきて　花畑に花を咲かせている

でも　今年は
ひとりで花を見ている

あなたと　出会って
花の　こころを　教えてもらったみたいだ
もうすぐ　さようならに　なるけど
おなじ　花を　また見たい

風

風にも　色があるよ

冬と夏は
雪と　海の砂で　白
春は
きれいになる女の子と花で　ピンク
秋は

もみじと恋人の手で　赤くなりそう
風は
人と人の　思いを
あざやかにするよ

今井幸彦さんと川口太陽の家

川口太陽の家 所長　松本 哲

埼玉県川口市の北部、畑や田んぼがまだ多く残っている、「見沼」と呼ばれている地域の中に、社会福祉法人みぬま福祉会「川口太陽の家」があります。「障がいの種別や、重い軽いにかかわらず、希望があればだれでも利用できる施設を」という、家族、関係者の願いを結集して皆でつくった施設です。この施設では、施設を利用している障がいのある人たちを「仲間」と呼んでいます。哀れみや、施しの対象ではなく、願いや人格の主体者として、地域や時代の中で、新しい価値観を創り出す同志としての思いを込めて「仲間」と呼んでいます。

今井幸彦さん、彼と出会ってもう20年近く経つのでしょうか。彼も、大切な大切な仲間のひとりです。20年ほど前、介護している彼のお母さんが体調を崩し入院することになり、当時彼が利用していた施設では、送迎ができないとのことで、私が働いていた川口太陽の家に送迎の依頼が来ました。彼の通っていた施設まではまわりきれないため、お母さんが入院している間、今井さんは川口太陽の家に通うことになりました。それが彼との最初の出会いです。

川口太陽の家を利用する最終日、食堂で彼から「今まで利用していた施設を辞めて、このまま太陽の家にいたい。自分の母親を説得してほしい」と涙ながらに懇願されました。あまりの必死さに、彼のお母さんに連絡を取り、川口太陽の家の正式利用が始まりました。

今井さんは、重い身体障がいを持っていて、しゃべることはできません。コミュニケーションをとるときには、「トーキングエイド」という機械を使って行います。

私や、他の職員たちといろいろな活動を行い、関係が深まるにつれ彼から自分の願いが出てくるようになりました。「古本屋をやりたい」、「家を出てみたい」――この二つが彼の主な願いでした。川口太陽の家では「正しい願いは、皆で支えて具体化しよう」という暗黙の了解があります。彼の願いに対しても、取り組みが始まりました。

川口太陽の家の隣には大きな総合病院があります。今井さんと職員とで、この病院に出向き、「この病院で、古本屋をやらせてもらえないか」という交渉をしてきました。何度か話し合いを重ねた結果、病院の駐車場の一角を提供してもらい、待望の古本屋を始めることができました。週に何日か、台車に古本の入っている箱を載せ、車いすの今井さんとともに古本の展示販売を始めることになりました。

ある日、職員体制の都合で、販売中に今井さんに職員が付き添うことができず、彼が一人で店番をやることになりました。終了後、彼から「とても楽しかった」との報告。私たち職員は、彼のこの一言で大切なことに気づかされました。障がいのある人と向き合うと、私たちは「何かしてあげなくちゃ」ととっさに思ってしまいます。でも、今井さんの願いは、具体的に何かをしてもらうことではなく、「自分で自分に責任を持つことを尊重してほしい」ということだったのです。これは、「彼固有の願いではなく、障がいがあって生きている仲間たちの共通の願い」であり、同時に職員たちが仲間たちと向き合ううえでの思いを新たにする貴重な機会となりました。

古本屋を始めて15年後。川口太陽の家のそばに、仲間たちが共同で暮らす「ホーム」ができました。これも、彼のもう一つの願いであった「家を出てみたい」が大きなきっかけでした。

私と担当職員が菓子折を持って、ホームの周辺の家に引越しのあいさつ回りをしたときのことです。「あの家で、障がいのある人たちが共同生活をします。よろしくお願いします」とあいさつをすると、近所の方は一様に「えー！ 障がい者が住むの、大丈夫なの？」と不安な反応。重ねて私が「太陽の家です」と伝えると、表情が一変して「あー！ 病院の古本屋さんたち、じゃあ頑張ってね」との答え。まるで手品を見ているような変わりぶりです。

そう、今井さんは10年以上、他の仲間たちと雨の日も風の日も古本屋を続ける中で、地域の人たちとの良好な信頼関係を気づきあげ、自分の生き方を通して、「障がい」や「障がい者」についての理解を広げ、地域を変えていったのです。彼の願いと、地道に行なってきたことが、柔らかく、しっかりと地域に根づいたことを実感しました。そして、そのことは彼だけが理解されたのではなく、彼と一緒に今を生きている多くの仲間たちへの理解が地域に広がったことでもあると思います。

その今井さんが、詩集を発行することになりました。私は、この詩集を通して今井さんの思いや、願いにあらためて出会えることをとても楽しみにしています。彼の願いを理解することは多くの仲間たちの願いを理解することにつながっています。その理解が、川口太陽の家による実践の根拠となっていきます。

今井さん、おめでとう、そして、ありがとう！

あとがき　――『みんな生きていたい』によせて

今井幸彦さんが集中的に詩づくりをスタートさせたのは２００９年の４月からで、２年余りとなります。その頃、私は「川口太陽の家」のスタッフの一員として、今井さんの詩の創作活動に関わることになりました。

この「詩づくり」は、私の所属する班の「じゅうに班」が生活をいきいきさせようという「楽しめる活動探し」がきっかけとなり、絵画や造形物を創作活動する仲間たちの中で、今井さんが「詩を書きたい」と声を上げたことから始まったものです。

今井さんは２０１０年10月に誤嚥性肺炎《ごえんせいはいえん》で半年間入院し、今年４月には退院となったものの、わずかな力で「トーキングエイド」を打っていた指も、今は動かすことができません。もちろん詩づくりも中断しています。詩集を出版することは、以前から希望していたことでしたが、現在今井さんはリハビリ中で、詩の整理や「あとがき」などを書くのが困難なことから、私が代わってお引き受けすることになりました。

私は今井さんとの詩づくりを通して、人の心の豊かさと命のはかり知れない深さというものに常に向き合ってきたように思います。

脳水腫による四肢機能喪失という重い障がいで生まれ、自分で手足を動かすことも、ことばを発することも彼はできません。生活のすべてに介助の手を必要とし、可能なことはわずかに動く指でトーキングエイドを打ち、短い会話をこなすことです。そのトーキングエイドも一字を打つのに何秒もかかります。

そんな彼が詩を書き続けてきました。今井さんの中に、溢れるような命の泉がなければできないことだと思います。今井さんはそれを汲みとり、トーキングエイドで一音一音をことばにして、詩に表現したのです。命の本当の豊かさとは人の心の底に流れているものなのかもしれません。今井さんと今井さんの詩を見ていて、常に私が感じていたことでした。

今井さんの詩集をまとめるにあたって、内容構成を《Ⅰ．南風》―季節をうたったもの、《Ⅱ．仕事の仲間》―作業所の仲間たちをうたったもの、《Ⅲ．赤とんぼのうた》―家族をうたったもの、《Ⅳ．みんな生きていたい》―自分の障がいについてうたったもの、《Ⅴ．花になったら》―恋心をうたったもの、と5つのジャンルに分けました。

今井さんが春の花をうたった「花のスクラム」(20頁)は、花の群生を「スクラム」になぞらえて、「みんなのちからで」咲くと表現していました。私はこの表現に彼の真面目さと、作業所の仲間を思う気持ちを感じました。また、家族が題材になっている詩（《Ⅲ．赤とんぼのうた》に収録）は、障がいの重さにもかかわらず、長男として、兄として、自分を大切にする家族への愛情と感謝が溢れています。

今井さんが通所する川口太陽の家では、同じように障がいのある仲間たちが、絵画や織物（さをり織り）、和紙づくりなどをして働いています。今井さんは仕事場で、仲間たちの話し声や仕事の音を耳にしており、「仕事の仲間」（40頁）では、「話しかけるのを」ためらいながら「はたらく姿勢」を「教えてもらっている」といい、さらに「はたらく仲間」（42頁）では、「いつまでこんな日つづけられるかな／ずっと　つづけたいな」と、仕事場をいとおしみ仲間たちに敬意を払っています。私は、今井さんの詩は、家族と作業所の仲間たちとで培われた人間への信頼に支えられていると思うのです。

今井さんは以前から身体機能が衰えてきていることへの不安や焦りがあ

り、自分がいつまで生きていられるのかということが詩の随所に織りこまれています。「あさがお」(26頁)では、命の短い朝顔の花に自分を投影して、「おまえの気持ちを聞きたい」と問い、「鳥になりたいな」(120頁)では、「羽をそうじして飛べるなら／オレも鳥になりたいな」と、自由なツバメをうらやみます。障がいがあることへのもどかしさや口惜しさ、寂しさも垣間見られますが、しかし今井さんはそのことをも明るくうたっています。「バザーのときに」(50頁)では、「人垣できない店番」を「ずっとやってきた」が、そんな障がい者である自分と仲間たちの姿を多くの人に見せたい(見せられる)と主張します。自分や仲間たちをめぐる人たちの思いを大切にし、障がいをも誇りにして生きる姿勢がここにあります。

18歳まで母親の茅子さんの背中におぶさって過ごしてきた今井さんが、25年以上も経って「南風」(16頁)の中に「おふくろの背中」で感じた春の匂いを見つけるなんて、なんてすてきな感性なんだろうと思います。また「9月の風」（28頁）では、自分の「これからの人生」が「そよ風とあらしの　どっちが多くなるのか」「9月の雨予報で」見てみたいというのもしゃれています。「花になったら」（118頁）では、恋する今井さんが、自分が花になって「好きなあなたに　見てもらって　さわってもらいたい」と想い描きます。

今井さんは、生きていて感じるすべてのものを命の滴として詩にしました。重度の障がい者として生きながら、人間としての喜びや寂しさを生きる鼓動とし続けた今井さんの心の泉に、ぜひ触れていただきたいと思うのです。

詩づくりの作業にかかわった私は、今井さんが打ったトーキングエイドのことばを書きとることが役目でした。今井さんの思いにはこだわりがあって、書いたことが私に理解できないと、何度でも私に分かるようにトーキングエイドを打ち直します。汗をかきながら渾身の力を込めてトーキングエイドを打つ今井さんは、大変なエネルギーを使っていることがよく分かります。理解できない私は、とても申し訳なく苦しく思いながら分かるまで説明してもらいます。そうしてやっとお互いが理解できると、二人とも本当にホッとします。ひとつのことばに一時間以上もの時間を費やすこともしばしばです。今井さんの詩は、そんなふうにして、ひとつひとつ書かれました。

詩を書くことは、とりも直さず生きようとする力であることを、今井さんの傍らで私が肌で感じてきたことでした。

「どんなに重い障がいがあっても、こんなに豊かに生きているんだよ」とたくさんの人に知ってもらうことが、今井さんの希望であり何よりも力強いメッセージなのであろうと思います。現在はリハビリに励んでいますが、1日も早く回復して、またすてきな詩をトーキングエイドで打てるようになるよう願うばかりです。

私は川口太陽の家をすでに退職しましたが、今井さんとの「詩づくり」という得難い機会をつくって下さった川口太陽の家のスタッフのみなさんや仲間たちに、感謝を申し上げたいと思います。

最後に本詩集の出版にあたって、長野県の諏訪中央病院名誉院長の鎌田實先生に巻頭の「沈黙の詩人の初詩集」として心のこもった推薦文をお寄せいただきました。また川口太陽の家の所長 松本 哲さんからは今井さんの存在と太陽の家とについて書いていただき、本詩集の内容をいっそう充実させることができました。さらに萌文社の永島憲一郎さん、青木沙織さんには細々とした編集作業に尽力していただきました。表紙や本文のイラストは仲間たちの手によるものです。こうしてみなさんの協力によって本詩集が刊行できたことを記し、みなさんに心からお礼を申し上げたいと思います。

元「川口太陽の家」職員　加藤きよみ

２０１１年７月　今井幸彦さんの伴走者として

今井 幸彦　いまいゆきひこ *Yukihiko IMAI*

1965年3月20日、埼玉県川口市に生まれる。
生後、寝返りをうたず、川口市民病院に通うも分からず、1年近く経ってから東大病院で障害を診断される。障害は脳水腫による四肢機能喪失（体幹一級疾病による四肢機能障害）。

1972年～6年間
鳩ヶ谷市教育委員会に小学校入学を申請したが、重度の障害を理由に「就学猶予」の制度によって、就学を認められなかった。

1979年4月～83年3月
障害児（者）全員就学制度の実施2年前に、埼玉県立越谷養護学校（当時）中学部に入学を認められる。小学校を卒業していないことから6年間の就学を希望したものの、4年間の就学となった。

1983年4月～88年
鳩ヶ谷市立きじばと作業所に入所。

1989年～現在
社会福祉法人みぬま福祉会川口太陽の家入所。

○好きなもの
旅行、詩を書くこと、古本売り、バザー、肉料理。

○嫌いなもの
誰がなんと言ってもトマトはイヤだ。

○やってみたいこと
自分の詩に曲をつけてみんなで歌ってみたい。できれば高橋べんさんに歌ってもらいたい。

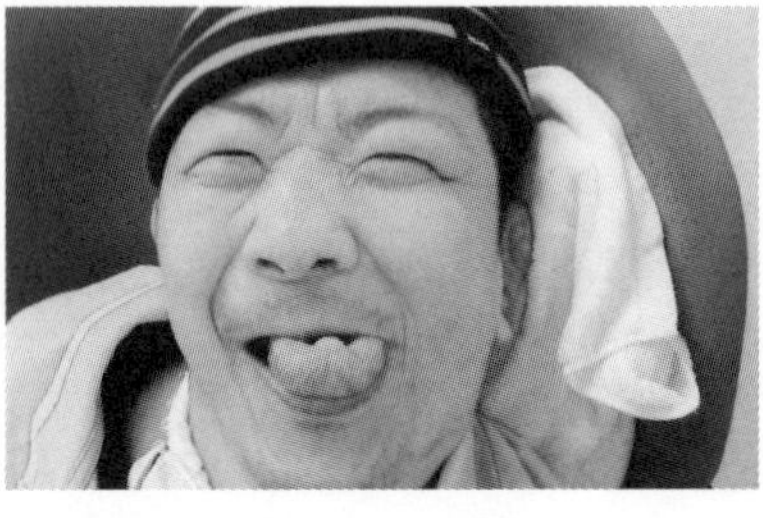

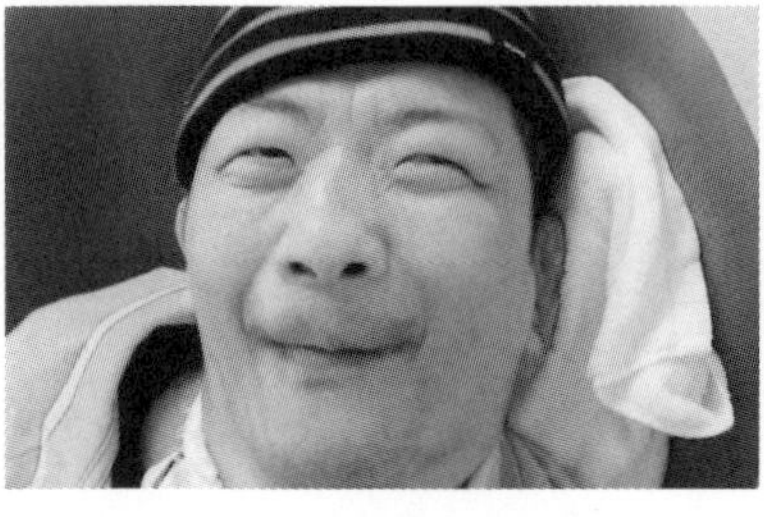

今井幸彦詩集　みんな生きていきたい

2011年9月25日　第1刷発行

著　　者　今 井 幸 彦
発 行 者　谷　安　正
発 行 所　萌　文　社
〒102-0071 東京都千代田区富士見1-2-32ルーテルセンタービル202
TEL　03-3221-9008　FAX　03-3221-1038
info@hobunsya.com　http://www.hobunsya.com/
郵便振替　00910-9-90471
レイアウト　青木沙織
印刷・製本　倉敷印刷株式会社

ISBN 978-4-89491-214-4